君偉上小學 4

年級煩惱多

文　王淑芬
圖　賴　馬

開場

各位大、小朋友，
不管你現在幾歲，
你一定曾經、或目前正是、
或將要讀國民小學。
這一套【君偉上小學】，
就是以國民小學為背景的校園生活故事。
本系列一共有六本，分別是：

《一年級鮮事多》、《二年級問題多》、
《三年級花樣多》、《四年級煩惱多》、
《五年級意見多》與《六年級怪事多》。

你正在讀幾年級？
最懷念哪一年級？

歡迎認識張君偉與他的同班同學們，
請大家陪他們一起歡笑、一起成長。

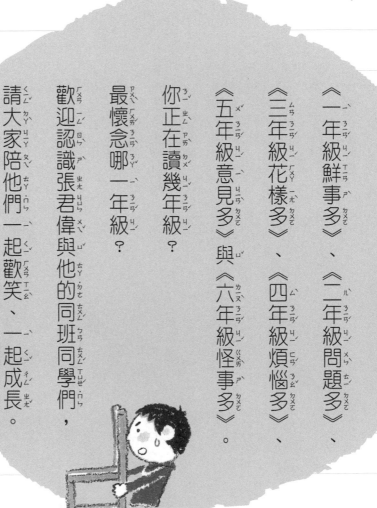

目次

人物介紹

張君偉

我是這本書的主角，將來想當漫畫家。可是媽媽說：「你不能整天看漫畫。」我最大的煩惱是：媽媽對我很煩惱。

張志明

我做什麼都很快，只有寫考卷寫得很慢。我沒有煩惱啦，我又不是大人。

陳玟

從一年級起，我就一直當班長。我背了很多成語，學富五車；我將來要當記者，伸張正義。我的煩惱是：本班有害群之馬，使我們的生活競賽總是名落孫山。

楊大宏

我的外號是「楊百科」，我知道地球有四十六億歲。我最大的煩惱是：一學期只有兩次考試，害我只能領兩張獎狀。

江美美老師

我是四年七班的級任老師，語文教育系畢業。我的煩惱嘛，想也知道，我有三十個學生，九十個煩惱。

1 開學日

請說出開學日那一天的心情。

1. 很累，因為昨天熬夜趕暑假作業。
2. 很開心，因為老師同學都沒有換。
3. 很傷心，因為老師同學都沒有換。
4. 很高興，開學日會換座位。

升上四年級的第一天，我從床上醒來，想到的第一件事，就是「我長大了」。

回想我一年級時是多麼傻，居然以為學校很可怕，校長是世界第一偉人。現在，我當然知道總統比校長更大；而學校，也不再是神祕兮兮的禁地。我連哪一棵榕樹上有蜂窩都瞭如指掌。

可是，長大代表的意義，是應該高歌一曲以示慶祝，還是應該為漫長的未來開始擔心呢？

想到這裡，十歲的我望著鏡子裡的自己，忽然有些感傷。

「感傷」是一種高級情緒，到了四年級開始才真的懂。感傷不是因為吃不到冰淇淋而傷心，也不是因為考不好而難過。

當我正為這個偉大的人生問題百思不解時，媽媽的聲音從客廳傳過來：「快去刷牙洗臉尿尿，上學要遲到了。」這就是我的第一個感傷，媽媽以為我永遠是三歲娃娃。

我的忠實朋友兼人生顧問張志明，送給我的開學賀詞是：「暑假作業趕快借我抄。」

班長陳玟盡忠職守，走過來警告我們：「張志明，作業沒寫；張君偉，為虎作倀。我統統登記下來了。」

經過一個暑假，陳玟的成語功力顯然精進不少。

漂亮的江美美老師笑容可掬的指揮全班，排好升旗隊伍，到操場參加開學典禮。

校長真是老當益壯，他訓話的聲音仍舊是那麼的宏亮有力。

張志明排在我旁邊，輕聲嘆氣：「我們已經升高一個年級，為什麼校長訓話的內容仍然和去年一模一樣呢？」

真是這樣嗎？我不敢確定；唯一確定的是，我從來聽不清校長在說些什麼。這都該怪麥克風音效不佳，不然就是天氣太熱，影響聽覺。

不管校長說什麼，最後跟著大家鼓掌準沒錯。

校長又介紹一位新的主任。這位新主任提供一個絕佳機會，供全校師生

好好認識他；他足足自我介紹了十分鐘，同時又抒發他的教育理想。最後，他總結：「相信本校在校長英明的領導下，必能校務昌隆、蒸蒸日上。」

我蒸蒸日上的汗水，終於在總導護老師的三點指示後，痛快的將整張臉洗了一遍。

這就是連續四年的開學日，讓我立刻從假期的疏懶中驚醒，領悟「好景不常在」這句諺語。

張志明說他哥哥讀小學時，有一年居然在開學日遇到颱風，停課一天。我們都很羨慕，不禁感嘆命運捉弄人。

回到教室，大家便開始大清掃，然後發新課本。

江老師說：「四年級起，只有星期三讀半天，以後我們一週有四天全日課。」

照慣例，開學第一天上午是準備日，還沒有正式上課。於是江老師要大家做「暑假生活回憶錄」。

陳玟迫不及待的第一個舉手發言：「我們全家到日本旅遊一週，玩得樂不思蜀。我還帶回日本的牛奶糖，請全班同學吃，與民同樂。」

於是，看在牛奶糖的分上，她的報告獲得熱烈掌聲。

江老師讚許：「利用假期出國旅遊，可以增廣見聞，又能促進親子關係。很好，很好。請你說說你這趟旅行的新知，和全班分享。」

陳玟仔細想了想，慎重的報告：「我發現日本人都講日文。」

每次考試都名列前茅的天才——副班長楊大宏，推了推近視眼鏡，也站起來說：「我雖然沒出國，但參加圖書館之旅，又參加電腦夏令營，以及游泳班、棋藝班、美語會話班、陶藝班。」

老師點點頭：「非常充實。」

接著，一籮筐更充實的假期生活，一一展現。有人和父母環島旅行，有人到鄉下爺爺家體會農村野趣。很有生意腦筋的白忠雄，居然在暑假中大賺了一筆；他到花蓮外婆家玩，順便撿貝殼出售，又觀光又打工。

不過，這一切都比不上張志明。

他說：「放假不好，無聊透頂。整天吃和睡，不然就是看電視、騎腳踏車亂逛。我爸媽在夜市賣麵，沒空陪我啦！」

楊大宏悄悄的說：「這才是我理想中的暑假生活。」

張志明在下課時間，為整個活動做出結論：「人生矛盾。」

2

幹部選舉

什麼樣的人適合擔任幹部？

1. 老師喜愛的人。
2. 受人歡迎的人。
3. 不受人歡迎的人。
4. 選選看就知道。

我必須承認，過去一年裡，班長陳玟對本班貢獻良多。包括常請同學吃東西，增進上學樂趣；採祕密登記方式，提高同學警覺心；並且捍衛教室，不讓隔壁班的紙屑飛進走廊。

我實在想不出還有誰比她更適合當班長。但張志明「一語驚醒夢中人」，他說：「新學期該換男生做做看啦！」

可不是？男生當班長，我們才有保障，從此不會生活在女生的魔掌中；換句簡單的白話：男生不會害男生。

因此，我和張志明有了一個明智的決定，打算提名學識淵博的楊大宏競選班長。我們還請很有生意腦筋的白忠雄擔任「助選員」，他答應，任何人只要願意投票給楊大宏，便可以換取優待券一張。至於要優待什麼，他說以後再決定。

葉佩蓉聽到我們的計畫，露出不屑的表情：「別忘了，女生比男生多五個人，男生不會贏啦。」

感謝葉佩蓉，又是「一語驚醒夢中人」。我們立刻明查暗訪，得知女生正沉迷在《哆啦A夢》漫畫中。第二天，白忠雄成

功的以幾本最新漫畫，借給三個女生，取得三張支持票。

開班會那節課，張志明竟然破天荒的沒有遲到，滿臉嚴肅的坐著等上課。

江老師提醒我們：「這節班會，要重新選舉班級幹部。相信你們升上四年級，一定更懂得『選賢與能』的道理。我們就從各股股長開始吧。」

白忠雄獲得一致支持，被推選為「總務股長」。他必須負責訂便當、牛奶等所有跟「錢」相關的事項。他立即提出新人新政：「為充實本班班費，以後我會盡力賺錢。」

我非常榮幸，也可以說非常不幸的被選為「學藝股長」；最大原因是我能一分鐘畫出一隻三角龍。學藝股長其實得負責布置教室、收發簿本，跟會不會畫恐龍怎麼會有關係？從這一點看來，本班的「選民」是沒什麼判斷力的。不過，沒有判斷力無所謂，只要記得支持男生當班長就行。

五個股長選舉結束，接著是重要的一刻。我和張志明對看一下，很有信心的眨眨眼。當老師宣布：「有誰要提名班長人選？」時，張志明迅速的舉起手。

「我提名楊大宏，他很聰明。」

陳玟的死黨暨本班管家婆李靜，也舉起手說：

「我提名陳玟，她很有經驗。」

「世紀爭霸戰」終於

展開。

老師將兩個人的名字寫在黑板上，又問：「還有別的人選嗎？」

大家好像很有默契，沒有人再舉手。

江老師笑著說：「哎喲，老師好像聞到一股濃濃的火藥味。這不是男生與女生的戰爭，只是要選出最能為班上服務的同學，千萬不要考慮性別。」

老師這麼一說，坐在我隔壁的葉佩蓉馬上瞪我一眼：「我不會選男生的。」

如果按照我們原訂的計畫，楊大宏應該會比陳玟多一票，我不相信他會落敗。

開始舉手表決了。「先提名先表決，選楊大宏的請舉手。每個人只能舉一次手喔！」老師提示大家。

我偷偷瞄了一眼，只見全班男生都舉起手來，包含那三個被白忠雄收買的女生。

等等！楊大宏自己沒有舉手。

這可糟了，楊大宏思考太不周密。此時此刻，怎麼能效法「孔融讓梨」呢？

「一共是十七票。現在該陳玟了，選陳玟的請舉手。」老師開始計算人數。

我看到一件不可思議的事。楊大宏這個時候居然舉起手來，只是面無表情，猜不透他在想什麼。至於陳玟，她沒有舉手；一定是為去年的

「暴政」深深懺悔。

「哇！又是十七票，兩個人票數一樣，怎麼辦？」江老師皺起眉來。

「報告老師，我覺得陳玟去年管秩序很有一套，我自願退出選舉。」楊大宏再度說了一句不經大腦的話。

「既然這樣，同學有意見嗎？」江老師看看手錶，詢問大家。

下課鐘聲響了，所有人都看著教室外，沒有人有意見。於是陳玟再度連任班長。

楊大宏不肯解釋他的瘋狂行為。張志明猜他是「暗戀女生」，並做出結論：「人生多變。」

3 大家一起賺班費

班費的功用是什麼？

1. 買班上缺少的東西。
2. 用來買班上不缺，但是「必需」的東西，
如：複習卷。
3. 用來買班上急需，但是學校不提供的東西，
如：飲料。
4. 有了錢，要買什麼都方便。

由於全班同學「選賢與能」，一致推選最有金錢觀念的白忠雄擔任「總務股長」，不久，我們便感受到他的政績——他努力的籌措班費，想要讓本班大富大貴。

他在班會中用興奮的語氣提出計畫：「同學們，為了充實本班班費，我一定會努力賺錢，才不辜負同學的期望。大家請看這裡，以後我們的班費，就存在這個保險箱裡面。」

接著，他舉起手中的餅乾盒，鄭重的告訴我們，這個特大號的餅乾盒會加上一把鎖，跟真的保險箱一樣可靠。

他繼續提出構想：

「目前本班班費是零元，一切從頭開始，我建議每個人先交十

元當基金。」這個建議無條件通過。他很高興的勉勵我們，「好的開始是成功的一半。明天起，我會向同學收錢，請大家記得帶來。」

第二天，他真的一一向同學催收；他那盡責的態度真令人欽佩。只有班長陳玟不合作，她冷酷無情的對白忠雄說：「你先把昨天的功課補寫完，我再交。」

陳玟命中要害。白忠雄為了班費，竟然在短短十分鐘內，將已經拖了三天的作業補好。

「為了向全班負責，我設計了一本帳簿。以後每一筆收入及支出，都會登記在這裡。歡迎大家來查帳，一切公開透明化。」

那本帳簿，是白忠雄精心製作的。他偷偷撕掉家裡的月曆，裁成像課本一樣大，再裝訂起來。為了增加美觀，還請我在封面畫了三隻恐龍，恐龍手中抱著金元寶，表示班費「錢」途光明、財源滾滾。

白忠雄進一步的計畫是：「賺班費，人人有責。我建議大家利用假日去撿垃圾，可以在資源回收日賣錢。」

這還不夠。白忠雄搖搖那個碩大的班費保險箱，讓我們聽到裡面「國庫空虛」所發出來的空洞聲音。

「大家聽聽，本班班費實在太少了。我提議，不如請老師訂出辦法，以後凡是違反班規的人，都得罰錢，並充作班費。」

這個建議，再一次無條件全員通過。因為我們都認為，比起倒垃圾、抄課文、不准下課等處罰，這個「罰錢」的方式無痛無害，輕鬆多了。全班都樂意用五塊錢抵一次罪行。

班長陳玟面帶微笑，補充報告：「為了班費收入，我也會盡全力登記犯規名單。」她史無前例的讚揚白忠雄，「本班的總務股長太強了。這個方法能改善本班班風，又能增加收入；一舉兩得，一石二鳥，一箭雙鵰。」

看得出來白忠雄相當得意。他低下頭來，翻翻那

本帳簿，又打開班費保險箱，數了數錢。

張志明卻滿臉愁容的告訴我：「我有不祥的預感。」

果然，張志明神機妙算。他在星期一那天，便對班上做出傑出貢獻：總計被罰了三十塊錢。

陳玟一一數出他的罪狀：「習作沒帶、早自習講話、美勞課走動、座位下有塑膠袋……」

張志明不服氣的辯解：「塑膠袋是白忠雄的。」塑膠袋果然是白忠雄的，上面還有他家開的商店名稱及地址電話，不知道為什麼飛到張志明椅子下。

白忠雄乖乖的在帳本上登記自己的名字及金額。

「你把我害慘啦，我一個星期的零用錢都泡湯了。」張志明氣得對白忠雄吼著。

白忠雄也生氣的回敬一句：「我也是受害者，我的漫畫書租金收入全沒了。」

悲劇還在後頭。白忠雄常常忘了交作業，又不時忘記訂正複習考卷，所以，他的帳本上最常出現的，除了張志明，就是他自己。

他心疼的對我訴苦：「我虧本虧大了。」

考試過後，老師很仁慈的公布一項好消息：「為了抒解大家考試緊張的情緒，明天舉辦同樂會。」

全班同學都開心的跳起來歡呼。

江老師還指示：「現在本班班費已有不少收入，同樂會所需的用品，就由班費支出。」

這個建議，又獲全班一致通過。大家開始討論，應該買什麼吃的、喝的，讓同樂會熱鬧又好玩。

班長陳玟主持臨時會議，把大家的意見寫在黑板上。李靜認為要買汽水和餅乾，葉佩蓉說買西瓜最好。白忠雄舉手了。他以沉重的口氣提醒大家：「賺錢是不容易的。如果要買，我覺得應該買礦泉水。」

他又說：「請好好考慮我的意見。我不得不告訴大家，目前為止，交最多班費的，就是我呀！」

張志明同情的下了結論：「人生無奈。」

4 侏羅紀教室

你覺得教室應該像什麼？

1. 電影院、漫畫屋、電動玩具中心。
2. 有家的味道。
3. 千萬不要有家的味道。
4. 教室就是教室。

我搞不懂為什麼許多大人喜歡當官？自從我被推選為「學藝股長」以後，我便飽嘗當「官」的煩惱。

我的工作主要是收發作業本，幫老師檢查家庭聯絡簿，以及所有跟畫圖有關的事項，比如：畫海報、設計班級借書證等。媽媽很以我為榮，不斷嘉許我：「會畫畫的孩子不會變壞。」我很贊同這句話，因為光是做這些事，已經令我忙得暈頭

轉向，哪有空做壞事？

我生命中最大的挑戰終於降臨了。有一天，老師突然指揮全班同學，將教室內原有的各種布置一一撕毀；包含教室後方整片布告欄、四周的標語、教室前方的班級生活公約。然後，在一片殘破的書面紙、保麗龍碎屑中，美麗的江老師回頭對我嫣然一笑，說：「今年的教室布置，就交給你了。」

老師接著補充：「往年都是老師自己動手做，現在你們長大了，老師終於可以輕鬆一下；你不妨多找幾位同學幫忙。」

好一個考驗友情的機會！白忠雄首先表示：「我班費的帳還沒有算好。」李靜則說：「我不會畫畫。」只有張志明略有同情心，他拿出五張「無敵戰士」貼紙，慷慨的送給我說：「貼吧。」

我望著那五張巴掌大的貼紙，心中愁苦萬分。

最不幸的是，教室布置還得比賽。據說，將由校長率領全校教師到各班去打成績。為了班級及我個人的榮譽，我只好打起精神，奮力策劃。

教室後方的那一面牆，向來規劃成幾個部分，有國語、數學、社會、自然，還會張貼幾張同學的美勞、閱讀學習單。如果根據我的藝術品味，我認為應該畫一些卡通漫畫，促進同學上學樂趣。然而，學校規定，教室布置必須配合上課內容，否則，比賽分數就不高。

楊大宏給我不少意見：「很簡單，國語嘛，就把第一課生字寫在書面紙上，加幾個小插圖便成。」

他推了推眼鏡，又繼續指示：「數學嘛，就把第一單元的題目寫在書面紙上，加上小插圖便成。」

「至於社會……」

沒等他開口，我已經舉一反三，接著說：「把第一課課文抄在書面紙上，加上小插圖便成。」

這並不表示，楊大宏具有布置教室的天賦，只不過從前的教室，就是這樣布置的。而且，那些第一課生字、課文、題目，足足張貼了一學期，貼到紅色書面紙褪為白色為止，很符合環保精神。

既然我被推選為「學藝股長」，豈能做出「抄襲過去」這種沒有文化的事？我在計算紙上，勾畫著草圖；我

決定設計與眾不同的點子，出奇制勝，讓本班得到高分。

張志明很支持我，願意當我的助手，不過我想最大原因是，老師說負責布置教室的人，可以不參加朝會。

我們的偉大構想，是將教室布置成「侏羅紀時代」。公布欄貼上迅猛龍、暴龍、腕龍、三角龍，分別代表國數社自。教室前面是一隻偷蛋龍和五個蛋，蛋上面是生活公約。至於教室四周的標語，則寫上「無敵」、「快攻」、「超人」等威風嚇人的大字。

老師看完我的草圖，眼睛一亮：「張君偉，你很有創

意。」然後，她把標語改為「誠實、努力、勤勉」。

我花了三天時間，將恐龍畫好，張志明負責剪下及張貼。當同學看到我們的傑作時，都驚叫：「好美喔！」這真是令人愉快的一刻。

教室布置評分

那天，我們將教室裡外打掃得一塵不染，陳玟還帶了香水噴在四周。全班安靜的坐著看書，乖巧的等評分老師來。

果然，緊張的一刻來了。陸續有老師拿著評分表，走過教室，從窗外探頭進來望了望，然後在紙上記下成績。

從這些老師的表情及眼神中，我似乎可以聽見他們共同的心聲，他們應該是說：「哪個藝術奇葩設計的？真行！」

幾天過後，校長在朝會上公布成績。當我聽到：「四年級第一名：四年七班」時，興奮得差點摔跤。班長陳玟代表上臺領獎；此時此刻，陳玟是多麼可愛，走路的步伐那麼大方，從校長手中接過獎狀的姿勢優美無比。從前，我怎麼會認為她凶悍霸道呢？

然而，幸福的時光不長久。自從我的恐龍教室一炮而紅後，許多別班同學總利用下課時間，在教室外面指指點點，甚至上課鐘響了，還捨不得離去。最後，陳玟終於失去耐性，朝他們開口大罵：「這些爛恐龍有什麼好看！」

張志明挺身為我主持正義，他高聲說：「當班長就可以凶悍霸道嗎？」又搖搖頭，對我說，「人生多災難。」

5 愛心媽媽

哪一種媽媽最適合當愛心媽媽？

1. 會幫老師管學生的。
2. 會幫學生管老師的。
3. 跟老師很像的人。
4. 跟老師很不像的人。

當老師發下「招募愛心媽媽」的通知單時，張志明立刻把單子還給老師，說：「我媽媽忙著賣菜跟買菜，不可能來。」

老師微笑著向全班解釋：「只要有愛心，哪怕是一星期只奉獻一點點時間都好。這年頭，做善事的人不多了，你們多多鼓勵爸媽為學校做些事。」

其實，我們的爸媽已經為學校做不少事了。想想看，如果不是他們生下孩子，送到學校來讀書，校長、主任、老師和工友伯伯不就失業了？總不能叫他們教猴子吧？

我覺得升上四年級就有這個好處，變得凡事聰明，見解獨到。

張志明仍然有問題：「我的媽媽不可能當導護，她都睡到十點才起床。她也不愛看書，不能當圖書室媽媽。啊！對了，輔導室的『諮詢專線』大概可以。我媽媽很會講電話，講一個小時都不會累。」

但是老師說明，「諮詢專線」談的都是親子教養問題，必須有這項專長才行。張志明摸摸鼻子說：「我的媽媽生了五個小孩，算不算專長？」最後，老師終於決定把張志明的那張通知單「資源回收」。

我的媽媽在通知單上寫一大串字，表明無法參加「愛心媽媽」的理由。

「茲因家務繁忙，偶有稿約，恐無力勝任此職。但我個人十分肯定此項奉獻。凡是心有餘力者，皆應出錢出力，為校略盡綿薄。」

她一面寫，一面對我說：「我不認為我有資格當愛心媽媽，光是應付你，就快把我逼瘋了。學校那麼多小孩，看得我手腳發軟。」

她最後的結論是：「小學老師實在是太偉大了，簡直幫全國的媽媽瘋一半。」

媽媽總是把我形容得像個麻煩人物，可是她又常摟著我又親又吻，說我是甜蜜寶貝。我搞不懂媽媽，古人那句諺語應

該沒錯：「女人心，海底針。」

媽媽不來學校也好。我不希望她像楊大宏的媽媽一樣，令全班膽顫心驚。

還記得老師收到全班繳交的回條時，曾大加讚譽楊大宏：「全班只有楊大宏的媽媽最有愛心，答應擔任本校的愛心媽媽。」

然而，楊大宏的臉上烏雲密布，沒有絲毫喜悅。他私下告訴我：「這下子，我更沒自由了。」

原來，平常一般家長不可以隨意進出學校，但是愛心媽媽只要配戴識別

證，就能自由出入校門。警衛叔叔見了，不但不會阻攔，還會道謝：「辛苦了。」

然而，辛苦的是楊大宏。每天早上，楊媽媽在輔導室工作結束，都會「不小心」走過我們教室，「無意中」瞥見楊大宏的一舉一動。只要楊媽媽的高跟鞋在走廊響起，楊大宏便立刻坐正，拿著國語課本低聲朗誦。

辛苦的還有江美美老師。楊媽媽除了監視楊大宏，也會不定期「不小心」走過教室，「無意中」瞧見老師，「當然的」向老師禮貌問候，然後，順便問起楊大宏在學校的一言一行。

每當這個時刻，江老師和楊大宏的臉上，都會出現共同的表情：就像是忽然有人把你從美夢中吵醒一樣。

楊大宏也偷偷告訴我們：「我的媽媽在輔導室教低年級的小朋友。她的國語又不標準，嘻嘻，一定很好玩。」

奇怪的是，一段時間後，我發覺楊媽媽很少經過我們教室了。楊大宏推推眼鏡說出內情：「我的媽媽竟然真的愛上她輔導的小朋友。昨天，她去百貨公司買很多香水鉛筆和貼紙，說要當進步獎禮物。」

他還分析：「這樣最好，我的媽媽分點心在別的小孩身上，我的苦難就少一些。」

果真如此，我應該大力鼓吹媽媽也來才對。況且，學校最近有點髒，實在很需要像我媽媽這種人；只要我開始吃餅乾，媽媽一定會大叫：「不要掉屑屑！」我一喝水，她也會嚷著：「別滴在地板。」

可是世事難料，楊媽媽忽然決定退出「愛心媽媽」。根據楊大宏的形容：「我媽媽教那些一年級的小孩教到哭，說他們怎麼教都聽不懂，她很傷心。」

楊大宏還說，楊爸爸怪楊媽媽「感情用事」，楊媽媽氣起來就說不幹了。

江老師聽到這件事，笑著說：「我還不是教學生教到哭，可惜我不能說不

教就不教。」

張志明摸摸鼻子說：「如果是我媽媽就好辦，哭的一定不是她。唉！人生有淚。」

6 轉學奇談

學生能不能選老師？

1. 不行。只有聽過老師可以選學生。
2. 可以，就像買冰棒可以選口味。
3. 不可以，老師又不是冰棒。
4. 我要先請教老師才知道。

我和楊大宏、張志明雖然常常意見不同，但是有一件事卻是完全相同，就是十分慶幸被編在四年七班，由江美美老師擔任級任導師。

張志明回憶三年級編班時：「好緊張喔，真害怕被暴龍老師教到。」

楊大宏也說：「是啊，江老師人長得美，脾氣又好。當她的學生有益身心健康。」

張志明補充：「如果被編在六班，也很悲慘。」

六班從三年級起，每週都領生活競賽「冠軍」獎牌。他們的絕招是用菜瓜布刷地板，教室內外乾乾淨淨，而且不論上課下課都安靜無聲。

起初，這樣的「冠軍班級」很令我們羨慕。江老師好像也把六班的蘇老師視為偶像，常常在下課時間跑去和她聊天。

江老師的口頭禪之一便是：「唉，你們有六班的一半就好了。」

當六班的冠軍獎牌越來越多，我們班仍然一無所有時，老師終於被刺激到了。她以低沉的語調告誡我們：「今天起，本班要奮發圖強。」

老師利用整潔活動的時間，去六班「補習」。只見蘇老師比手畫腳、口沫橫飛，江老師則不停的點頭微笑。

張志明悄悄說：「我有不祥的預感。」

他每次有這種預感都很準。

於是，我們全都不安的等待著。根據楊大宏的想像，蘇老師一定傳授江老師許多「整」學生的祕訣。張志明非常痛苦，他預告著：「完了，我會第一個被修理。你們如果看到我被抓去密室用刑，千萬不要告訴我媽媽。我媽會說：『老師，好好打，不打不成器。』」

張志明這麼一說，我們全嚇壞了。

楊大宏很樂觀：「放心，江老師不會打學生。上次她看到蟑螂，嚇得一直尖叫，可見她膽子小。」

然而，張志明提醒我們：「我媽媽也怕蟑螂，但是只要我忘記寫功課，照罰。」

這真是個無情的世界，只要小孩做錯事就得挨罰。

江老師帶著神祕的笑容回來了。她說：「冠軍是要付出代價的。不過依我看，我大概沒有這種福氣。」

不知道老師所說的「代價」是什麼。反正，江老師並沒有使出什麼「整」學生的祕訣，還是笑咪咪的。每當冠軍獎牌又掛在六班時，她只是罵我們：「不爭氣。」

忽然有一天，我們班轉來一個新同學。不過，這個新同學很特別，我們都認識，我記得他在幾星期前還是六班的學生。

新同學名叫「林子俊」，是六班的「靈魂」人物。因為他常常被罰站在教室後面，有時罰跑操場，或是蹲在走廊刷地板，好像靈魂一樣東飄西蕩。

老師也很訝異，她問林子俊的爸爸：「他本來讀六班吧？」

林爸爸一直向老師鞠躬：

「是是是，本來決定轉去別的學校，但是子俊不習慣，所以又轉回來。」

「那應該回原來班級比較好。」老師又說。

林爸爸卻像突然受到驚嚇的樣子，聲音都變了：「不用，不用，這樣就好。」然後，好像躲空襲警報一般，把資料袋交給老師就快步離開了。

下課時，我們圍住林子俊，好奇的問：「你為什麼要轉學？」

沒想到他不理我們，神氣的說：「這是最高機密，不告訴你們。」

江老師又利用整潔活動時間去找蘇老師，打聽林子俊的「往事」；這是張志明假裝提水，在走廊偷聽到的。

張志明獲取重要情報，立刻回來轉告我們：「那個林子俊，是蘇老師最頭痛的人。不管什麼處罰方式，都治不了他。」

我提出疑問：「他有什麼犯罪行為？」四年級生講話得帶點學問。

「蘇老師說，他上課時常常在位置上扭來扭去。」張志明拍拍胸口，「幸好我不是在六班。」

擅長做生意的白忠雄終於用一罐汽水，換取了林子俊的「最高機密」。原來，林子俊受不了蘇老師的嚴格「統治」，假裝搬家轉學出去，不久後再轉回來。

對於這件世紀大騙局，張志明的結論是：「世界上什麼怪事都有，人生就是戲。」

7 大掃除

什麼時候應該舉行大掃除？

1. 學校太髒的時候。
2. 有貴賓來參觀的時候。
3. 登革熱流行的時候。
4. 讓校長決定。

今天的朝會，一片哀愁。

首先是總導護老師以無比沉痛的語氣說：「小朋友，我有一件不幸的事要向大家報告。」

可是，天氣太熱了，我們想不出還有什麼事比「晒太陽」更不幸。

他看著臺下的學生，大喝一句：「還講話！本校已經蒙受莫大的羞恥，你們還不知悔改？」

接著，學務主任接過麥克風，也以嚴肅的表情，再一次叮嚀我們：「我很難過的向大家報告這個壞消息。」

於是，我們豎起耳朵，準備聽一件驚天動地的慘案。

但是，還有學生「不知悔改」，用手搧風，主任一氣之下，又忘了宣布這件「不幸消息」的內容，反而用更大的聲音罵我們：「沒精神，還亂動！」最後，校長上臺了。他用兩倍的沉痛加上三倍的嚴肅，鄭重的揭曉：「各位同學，我從來沒有想到這種事會發生在本校。上學期教育局派人來檢查學校環境，做環境考評，結果本校竟然得到乙等。」

校長停了一下，又說：「這真是恥辱！表示你們太不注重整潔了。根據檢查的結果，長官們表示，走廊有紙屑，樹下有螞蟻，喔，我說錯了，樹下有落葉……」

他想了想，向大家解釋：「就是落葉沒有清掃乾淨。這樣會生螞蟻、蚊子、老鼠。」

校長繼續說：「本校已經連續好幾年都得甲等，你們可以到校長室來看，有很多獎狀。可惜今年卻是乙等。」

原來，所謂的「不幸」，就是我們害校長少得一張獎狀，難怪他那麼生氣。

我很同情校長，獎狀當然是越多越好。

所以，校長最後做出重要決定：「今天下午，利用第一節課舉行大掃除，要將每個角落清掃乾淨。現在正在流行登革熱，千萬不能讓我們的環境變得髒亂。」

當然，最重要的理由是：「這幾天環境考評小組的長官還會到本校來檢查，我們不能再得乙等了。」

這個消息很令大家興奮，因為今天下午第一節是社會，老師本來要進行隨堂測驗。

大掃除時間到了，校長透過廣播，指揮全校：「中高年級除了自己班級教室，還要到外掃區，把負責的地方清理乾淨。記住，每一片落葉都要撿起來。」

我們班的外掃區正好是操場。江老師率領全班男生，帶著垃圾袋、竹掃帚，在每一棵榕樹下打

掃。樹底下除了有落葉，我們也找到許多菸蒂，張志明說他曾經看過男老師在這裡抽菸，可能是他們丟的。白忠雄於是有了構想：「應該建議學校在樹下放菸灰缸才對。我們家有賣，現在正在打折。」

但是江老師說：「學校全面禁菸。」

一節課下來，我們成果輝煌，足足撿了滿滿三大袋的落葉。現在，榕樹下光禿禿的，不知道應該形容「美」還是「不美」。但是，校長很滿意，他走過來說：「很好，乾淨多了。」

鐘聲響了，打掃結束，老師指定我和五位身強力壯的同學去倒垃圾。

沒想到我們把垃圾抬到垃圾場時，卻發現門已經關上，鎖起來了。聽說負責處理垃圾的班級，趕著去上體育課，在一分鐘前已經離開，我們慢了一步。

「怎麼辦？這三大袋落葉丟哪裡？」張志明問。

楊大宏回答：「那只好先提回教室啦，等一下再來丟。」

我們全都大叫起來：

「有沒有搞錯！教室在四樓，這麼重的垃圾提上去再提下來，我們是傻瓜嗎？」

我們當然不是傻瓜，張志明發揮急智，建議先把它藏在垃圾場邊的大樹後面，等門打開再來丟。

任務完成以後，我們這六條好漢便快快樂樂的回教室

去了。

第二天朝會，總導護老師站上司令臺，又用沉痛的語氣說：「各位，昨天發生一件不幸的事情。」

忽然，我和張志明對看一眼，一種不祥的預感令我心臟跳得像大象賽跑。

總導護老師繼續說：「昨天大掃除，同學都很賣力，學校煥然一新。但是，竟然有班級沒有榮譽心。」他的語氣十分憤慨，「這個班居然把三大袋垃圾丟在樹後面，太可恥了。」

我才想起來，昨天藏好垃圾後，我們去上音樂課，然

後打躲避球，便忘了這件事。

江老師帶我們去自首。學務主任最後罰我們一個星期不能下課，要去撿落葉。

張志明有新的領悟：「人生不能忘記倒垃圾。」

8

親師座談會

親師座談會最好在什麼時候舉行？

1. 學校剛開學的時候。
2. 月考結束後。
3. 千萬不要在月考結束後。
4. 爸媽最忙的時候。

雖然老師千叮萬囑，叫我們一定要記得把「親師座談會」的通知單交給爸媽，但是，我是多麼希望這張單子會忽然不見，或是在回家路上被搶走！問題是，誰要搶劫一張「親師座談會」的通知單呢？

根據我的經驗，只要媽媽到學校參加「親師座談會」，接下來那幾天，就會交給我許多「不可能的任務」，比如：每天九點一定要上床，而且要「真的」睡著；練習寫書法，每日一張大楷；幫忙做家事，負責倒垃圾等等。

然而，我總是過不了幾天，就自動結束這些「良好習

慣」。沒辦法，有些迷人的電視節目非要九點才開始播出，而且我的大楷毛筆又忽然離奇失蹤。

幸好，我是媽媽生的，也就是說，我這種「五分鐘熱度」耐性，是來自媽媽的遺傳。換句話說，媽媽跟我一樣，幾天過後，就自動放棄天天「監視」我的任務。我想，她大概也受不了墨汁的臭味吧。

為什麼「親師座談會」過後，媽媽就有這些「整人」的點子呢？我想，一定是老師「唆使」或暗示的。所以，我們應該要對「親師座談會」提高警覺。

我這種想法，獲得張志明的熱烈迴響。他也說，讓媽媽和老師見面以後，她們就會「合作無間」，從此，我們就不能過著幸福快樂的日子。

於是，我將通知單交給媽媽時，特別強調：「老師說，你三年級時已經參加過，如果太忙，就不必去了。」

結果，媽媽不但不忙，還打算邀爸爸一起去。

這就叫做「禍不單行」吧。

「親師座談會」那天，天氣很好，沒颳風，也沒下雨，更不可能突然下冰雹。所以，爸爸和媽媽快快樂樂的出門了。媽媽還穿上昨天特地去買的新衣服，說要給老師一個好印象。

媽媽大概忘記，老師早就認識她了。上次我陪媽媽去買鞋子，正好遇見老師，媽媽還幫老師向老闆殺價。媽媽的「無敵殺功」，沒有人忘得了的。

我在家裡等著，心裡真是忐忑不安。張志明打電話來，問我最新消息。他先報告：「我媽媽噴了好多香水，老師聞到一定會一直打噴嚏。太好了，這樣老師就不敢跟她講太久。」

我說：「你猜，老師會不會洩露我們被主任處罰那件事？」

「不會吧？我也不知道。江老師不像是會打小報告的人。」張志明一面說，一面嘆氣，「唉！發明親師座談會的人，可能跟小孩子有仇。」

大門打開，爸媽回來了，滿臉都是笑容。媽媽拍拍我的頭，一副驚喜的表情：「我看到你畫的恐龍，貼在教室後面，好漂亮喔！」

「老師一直誇獎你，說你很有創意。」爸爸繼續補充。

我沒有回答，這一定是「先禮後兵」，先講好話，再來一個「但是……」。

我果然料事如神，媽媽笑容一收，換上一個「美中不足、無限惋惜」的表情。

「但是啊，老師也說，張君偉什麼都好，就是不愛運動，會越來越胖。她建議，每天要在家裡跳繩五百下，仰臥起坐五十個……」媽媽想了一下，又說：「還有，要幫忙做家事，負責幫白文鳥加飼料、清洗底槽，到樓下倒垃圾。好啦，這些夠了。」

說實在，老師的這些建議，我覺得有點奇怪。江老師從來沒有到過我們家，她居然知道我家養了白文鳥？

隔天到學校，老師也找我去個別談話。她說：「你爸媽稱讚你是個好孩子，會自動做家事，也喜歡看書。但是，他們特別拜託老師，訓練你擔任學藝股長的能力。」

老師微笑著說：「以後，你不可以上課偷看恐龍漫畫；記得更換教室布置的圖片，還要多蒐集民族英雄的資料，將來

做壁報時會用到。」

我的媽媽會說這些話啊？簡直不像她的作風。她怎麼知道我們以後要負責做壁報？

張志明也跑來和我交換情報：「我媽媽說，老師告訴她，以後我放學，必須先到樓上寫功課。功課沒做完，不能出去玩。奇怪，老師怎麼知道我的房間在二樓？」

我們終於發揮四年級生的聰明才智，猜想得知這些話，其實是媽媽假裝成老師的指示，老師假裝成媽媽的期望。

媽媽和老師真是用心良苦。

張志明說：「人生啊，騙來騙去。」

9 體育課的味道

什麼時候是上體育課的最佳時間？

1. 第一節課，因為體力最好。
2. 數學課以後，可以提神。
3. 吃中飯前，可以消耗能量。
4. 最後一節課，回家後能馬上洗澡。

太過癮了！剛才體育課，老師讓我們打躲避球，我方將敵隊打得落花流水、片甲不存。張志明不但眼力好、射得準確，而且動作迅速，一下子連殺四個人。哇！上體育課真是痛快極了。

下課後，我們意猶未盡，在操場繼續舉行「會外賽」。張志明示範他的絕招：如何假裝打甲，實際上卻是殺乙的「聲東擊西」神功。我們是多麼羨慕他啊，他

哪來這種厲害的絕技呢？

「哎呀，這都是被我媽訓練出來的。」張志明一副「沒啥了不起」的表情。

原來，每當張志明犯了錯，張媽媽就會拿起棍子追著他跑；為了「保命防身」，張志明於是練成「聲東擊西」武功，讓張媽媽以為他跑到東邊，其實他卻躲在西邊。

「不過，我媽媽現在懶得追我了，她說電視上教人當父母的，要用愛的教育。」聽張志明的口氣，好像覺得有些可惜的意思。

沒關係，我們可以利用體育課練功，又健身又好玩。

但是，快樂的時光總是飛逝而過。就在戰況進入最激烈階段，眼看張志明運用聲東擊西神功，將對手一一打出場外時，世界上最難聽的聲音——上課鐘聲卻響了。

我們立刻奔回教室，免得又被班長陳玟記下名字，說我們上課遲到。

這一節課是美勞，趙老師捧著一堆教材走了進來。她剛跨進教室，忽然抽抽鼻子，露出不可思議的表情。

「怎麼回事，你們班是不是有死老鼠？」

我們互相看了看，不太明白老師的意思。

趙老師又用力嗅了嗅，說：「還是昨天垃圾沒倒？」

終於，陳玟揭曉答案了。她舉手向老師報告：「您聞到的臭味是從男生身上發出來的，我們剛才上體育課。」

趙老師恍然大悟：「對不起，把男生錯當老鼠和垃圾了。為什麼你們不利用下課時間洗洗臉、擦擦汗呢？」

張志明說：「下課

時間要研究技術，以便精益求精。」他巧妙的應用了新教的成語，大概想博得老師讚許。

可是趙老師沒有心情聽成語，她叫我們到走廊洗臉，順便用手帕把脖子、背脊擦一擦。

我拿出已經放了一星期的手帕，張志明則拿著抹布，到洗手臺去「擦澡」。

白忠雄說：「學校應該準備一間大浴室，上完體育課可以沖洗。」

「對嘛，滿身汗臭味很不舒服。被當成死老鼠更是冤枉。」我也發表看法。

我們走回教室後，趙老師還要我們喝水，然後靜坐深呼吸。她說：「心浮氣躁還能叫『美』嗎？這樣怎能做出好的藝術作品？」

從前，我們開始動手畫時，趙老師會一排一排走著，指導我們正確的方法。

可是，趙老師今天站在教室門口，沒有四處巡視。張志明舉手發問，她皺起眉頭，好像鼓起很大的勇氣，才走到他身邊。

「這個嘛，你用寒色調來表現比較好。」趙老師指導完畢，又立刻回到教室門口吹風。

「唉！班長，你們班的電扇怎麼不趕快修呢？」趙老師突然關心起我們的教室設備。

我很同情趙老師，像她這麼一個愛美的美勞老師，卻得被迫聞大家的汗臭味，的確難為她。然而，上體育課怎能不流汗？如果汗是香的，那就好了，可是，賣香水的就會失業了。

「老師，我的手一直發抖，畫不好。」張志明又舉手向趙老師求救。老師再度鼓起勇氣，走到最有「味道」的張志明身邊，看看他的問題是什麼。

「您看！」張志明握著毛筆，畫給老師看，「我的手一直抖，害我畫不出直線。」

趙老師點點頭，笑了起來：「你剛才體育課太用力，現在小肌肉還無法恢復正常。沒關係，你就畫一條抖抖的線吧。」

老師嘆了一口氣：「體育課排在美勞課前面，不太適合。可是，究竟該排在什麼時候比較好？」

我們也開始動腦筋想，什麼課不怕汗臭味，也不必握筆寫字、畫圖？最後，白忠雄想出解決辦法：「我們家有在賣香水，我可以打折賣給同學。」

但是，趙老師覺得這不是辦法。

張志明說：「人生有時會發臭，這是沒有辦法的事。」

10 「變化」課

學校的主任是做什麼的？

1. 幫校長管老師和學生的。
2. 升旗典禮站在司令臺的。
3. 負責打電話和接電話的。
4. 不知道，和學生沒有關係。

懂得棒球的人一定知道，最厲害的投手擅長投「變化球」，讓打擊手搞不清楚，揮棒落空，兩三下就將他三振出局。現在，我也有新的領悟，那就是：學校最厲害的老師是總務主任，因為他上的課是「變化課」。

功課表上當然沒有「變化課」這一科，但是，我們班每週一節的「鄉土語言」課，卻是變化多端，精采萬分。

記得開學第一天，導師江美美用嚴肅的口氣宣布：

「你們很幸運，本年度的鄉土語言課，由總務主任來上。主任一星期只上四節課，你們居然享有其中一節，幸運吧。要好好表現，別丟本班的臉。」

這是我第一次被主任教到；平時，主任都是站在司令臺上訓話，沒想到他們也要進到教室教學生。我和張志明猜測，總務主任凶不凶？愛不愛說故事？會不會一天到晚隨堂測驗？第一節課，他會說什麼？

結果，第一節課，我們並沒有見到總務主任。江老師說：「剛才主任交代，請你們自己看書。剛開學，他很忙，不能來上課。」

第二個星期，當我們把「鄉土語言」課本打開，安靜的坐在教室等待時，總務主任終於來了。不過，他是來宣布一件事：「班長負責管秩序，不准亂跑。這節課，我要陪工人去巡視三樓的廁所，你們自己看書。」

我們正式聽到總務主任講課，是在第三個星期。他很風趣，會講笑話逗大家開心。但是，正當我們開懷大笑時，忽然，一個老老的男人出現在教室門口，向總務主任招手：「林主任，麻煩您來蓋個章。」

於是，剩餘的半節課，我們又得自己看書了。總務主任好像總是很忙，有時，上課鐘響二十分鐘後，他才匆匆趕來，向我們說明：「對不起，剛才和廠商在談工程。」有時，上課上到一半，又被別的老師請出去辦一件「重要的事」。所以，我們都很習慣「鄉土語言」只有半節課；上半節或下半節。

有一次，卻是鐘聲一響，總務主任就走進教室了。他拿出手帕擦擦汗，然後對我們說：「這一節課，我要請你們幫忙。」

原來，學校地下室有一批老舊的課桌椅，必須淘汰。所以，他要我們班幫忙，將這些桌子、椅子一一搬上來，集中在西側操場上。

「上一節課，我已經請四年八班搬過一部分了。你們再搬一節，應該就能全部搬完。」總務主任說完，又拿出手帕擦汗，嘆了一口氣，「當總務主任真辛苦，一天到晚，不是修廁所，就是搬東西。」

我很同情總務主任，但是，我們這節是「鄉土語言」，不是「勞動服務」。從開學到現在，第一課都還沒

有教完，考試時候怎麼辦？不過，張志明不像我這麼「多愁善感」，他輕鬆的說：「到地下室去搬東西好刺激喔，聽說，地下室有鬼……」

「見你的大頭鬼，妖言惑眾。」班長陳玟有超強聽力，馬上狠狠瞪張志明一眼。

張志明在陳玟背後做了個鬼臉，小聲說：「反正，我寧願搬桌椅，也不要坐在教室發呆。」

我們的「鄉土語言」，除了要搬東西、自己看書之外，還有更精采的內容，那就是到各班去送蛋糕。

因為教師節快到了，為了尊敬師長，家長會特地贈送美味可口的蛋糕當

禮物。一箱箱蛋糕擺在總務處，總務主任便分派全班利用一節課去送禮。

總務主任先畫好詳細的全校路線圖，再按照號碼分別指派同學執行任務。我們興奮極了，雖然蛋糕不是給我們吃的，但是能聞聞香味也很過癮。

最重要的是，總務主任說：「如果不利用現在去發蛋糕，明天就壞掉了。」

我們怎麼捨得讓香噴噴的蛋糕壞掉？這句話，令我們士氣大振。還好，學校排了這節「鄉土語言」給總務主任，不然，他要找誰幫他發蛋糕呢？浪費食物是可恥的。

有那麼一週，總務主任準時上課，下課鐘響才離開。沒有人找他蓋章、談工程，也沒有桌子要搬、蛋糕要發。那一節課，我們上了完整的「鄉土語言」。總務主任照著

課本講得滔滔不絕：「勤學，就是要努力讀書，不可以分心做別的事。」

那一節課，我們都有些不習慣呢。

白忠雄還有更驚人的領悟：「如果我們被校長教到，那就更棒了。想想看，校長一定比總務主任忙，他上的班級，絕對每一節都是自己看書。」

如果多來幾節這樣的「變化課」，會是什麼樣子呢？

張志明說：「人生不要胡思亂想，變化課一節就夠了。」

11 當蜜蜂飛進教室

當蜜蜂飛進教室，應該怎麼辦？

1. 立刻逃出教室，還要尖叫。
2. 立刻逃出教室，但是要安靜。
3. 趕快躲在桌子下。
4. 聽老師的指示。

「嗡嗡嗡，飛到西，飛到東……」

從樓下一年級的教室經過，經常可以聽到他們在唱這首〈小蜜蜂〉。歌詞裡的小蜜蜂多可愛，多勤快呀。老師也不時勉勵我們要效法蜜蜂的合作精神；依我看，牠們應該當選昆蟲界的「模範勞工」。

但是，當我們正在上國語課時，有一隻蜜蜂飛進教室，李靜馬上大叫起來：「蜜蜂！蜜蜂！」

坐在窗邊的同學有人

開始尖叫，有人離開座位，滿臉都是驚慌的表情。

「不要亂動，坐好。」江老師把課本放下，大聲說。

那隻黃褐色的大蜜蜂沿著第二、三排繞來繞去，只要牠經過的地方，女生全嚇得哇哇叫。張志明見義勇為，舉手報告：「老師，我來抓。」

江老師一面盯著蜜蜂看，一面回答：「蜜蜂怎麼抓？被叮到就糟啦。從前有個老師，帶學生去旅行，慘遭虎頭蜂攻擊，最後被活活叮死……」

「老師，這一隻是不是虎頭蜂？」張志明又問。

江老師盯著蜜蜂慢慢後退，站到講臺上，然後叫張志明「閉嘴」。

這隻蜜蜂一定是迷路了，跑來教室做什麼？操場上有花有樹，牠應該去「採花蜜，勤做工」才對。

忽然，蜜蜂掉過頭，轉個方向，往江老師身上飛去。老師好像嚇壞了，舉起手來想要趕走蜜蜂。

「老師，不要動。」張志明發出警告，「趕快假裝是石頭，牠就不會叮你。」

老師果然不動，直直的站著。可是蜜蜂還是繞著她的身體飛了一圈又一圈，眼看就要在老師的臉上停下來。

「我知道，老師一定是噴了香水，才會這樣招蜂引蝶。」在這個危急的時刻，班長陳玟仍然不忘記引用成語。最後，老師忍不住了，拿起課本用力揮趕。不一會兒，蜜蜂飛向天花板；再過不久，又飛出窗外。

全班都鬆了一口氣。

張志明舉手說：「老師，我們應該去向學務處報告，請全校師生提高警覺，以免被蜜蜂叮死。」

「一隻蜜蜂叮不死人。」老師瞪他一眼。

「那要幾隻才叮得死？」張志明好學不倦，繼續探討「蜜蜂生死學」。

江老師說：「把牠趕走就沒事了，等一下我會請總務處檢查校園是否有蜂窩。」她想了想，又告訴陳玟，「『招蜂引蝶』可不是好詞，別亂用。」

下課時間，我們圍在一起，研究如何對付蜜蜂，以維護生命安全。老師說的故事，應該是真人真事，實在太可怕了。

楊大宏推推眼鏡，用「學者」的口氣指導大家：「沒錯，蜜蜂的毒液相當驚人，被螫到會紅腫疼痛，甚至死亡；這是百科全書說的。當然，不同種類的蜜蜂，所帶有的毒液也不同。」

「下次再有蜜蜂飛進教室，我們該怎麼辦？」白忠雄

對「蜜蜂毒液種類」沒有興趣，只想知道怎樣保護自己。我們也一樣，全急著問：「是啊，怎麼辦？」

楊大宏想了想，說：「我回去查醫學百科，再告訴你們好了。」

張志明卻說：「我奶奶告訴我，只要別亂動，蜜蜂就不會理你，但是你身上絕不能有香味。」

「乳液的香味算不算？我還有擦護唇膏，檸檬口味的，會不會引來蜜蜂？」李靜也關心的問。

但是張志明的奶奶沒有講解得這麼詳細，他無法回答，只好猜測：「大概不會吧，蜜蜂應該比較喜歡漂亮的東西。」

「你的意思是說我很醜？」李靜雙手插腰，站在張志明面前。

張志明沒料到自己會從「蜜蜂防衛專家」變成「選美裁判」，嚇得趕快溜出教室。

上課了，江老師笑咪咪的走進教室，帶來一個好消息：「總務處已經派人把樹上的蜂窩摘掉，以後不會有蜜蜂飛進來了。」

真是太好了。我們不想被蜜蜂螫到，更不願意老師被叮死。

但是，如果蜜蜂又做了窩，又飛進教室（這是有可能的，蜜蜂很勤勞嘛），我們該怎麼辦？

也許我們該去請教自然老師，他應該對昆蟲比較有研究。江老師是「語文教育系」畢業的，當然不知道怎樣對付蜜蜂。

當然，最重要的，就是張志明發表的感想：「人生不要太香。」才不會招來蜜蜂。

12 吃不完的便當

便當吃不完，怎麼辦？

1. 請同學幫忙吃掉。
2. 拿去餵流浪狗和流浪小鳥。
3. 想辦法偷偷倒掉。
4. 帶回家給媽媽處理。

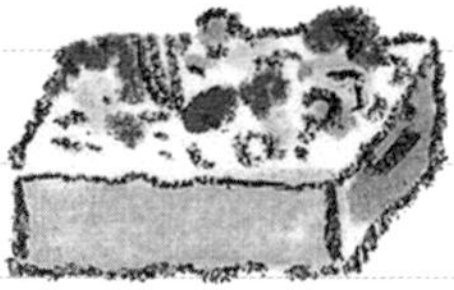

自從老師規定，我們中午帶的便當一律要吃完，不少同學便陷入極度的苦惱中。

「真沒想到你們這麼浪費。」老師以沉痛的語氣告誡大家：「難道老師教過的古詩，你們全忘了？『鋤禾日當午，汗滴禾下土……』張志明，你接下一句。」

張志明正低著頭玩手指，一聽到老師叫自己的名字，嚇得趕快站起來說：「舉頭望明月，低頭思……便當。」

老師皺起眉頭：「為什麼你們將『低頭思故鄉』改成『低頭思便當』？一點都不好笑，很無聊。不過，我的意思就是要提醒大家，記得把便當吃完。」

老師又罰張志明把「鋤禾日當午，汗滴禾下土，誰知盤中飧，粒粒皆辛苦」抄五遍。

這件事情，其實都該怪葉佩蓉。上個星期，她當值日生，負責倒垃圾；結果她發現垃圾桶中有許多吃剩的飯菜，便向老師報告。老師知道後，簡直氣壞了，直說：「暴殄天物！暴殄天物！」

「我們小時候，能吃到一碗白米飯，就是最大的幸福。現在，你們居然把飯菜當垃圾丟掉，真是……」老師做出「無法用言語形容」的表情，連連搖頭。

「報告老師，我沒有浪費食物，午餐全部吃光光，而且還吃不夠。」白忠雄大概想討

好老師，站起來自己表揚。

老師點點頭回答：「嗯，也不要吃太多，八分飽就好，腸胃比較好消化。」

最後，老師下了一道指示：「以後，我會天天檢查垃圾桶，絕對不准你們浪費一粒米、一塊肉。」

當天的聯絡簿，也抄著：「請家長配合，檢查孩子的便當，是否天天吃完。」

對大部分人來說，這個規定可有可無，因為大部分的媽媽會準備適當的量，避免吃不完或吃不飽。但是，有幾個可憐蟲，被媽媽當成非洲難民，每天的便當都是沉重無比，塞得滿滿的。

楊大宏就是「難民一號」。他的便當，至少有三個人的分量；除了飯，還有排骨、煎魚、蔬菜、海帶，當然，

「每日一蛋」也是少不了的。

每天中午，楊大宏總是對著飯盒唉聲嘆氣，直說：「我的媽媽為什麼這麼殘忍？她難道不知道，吃太飽也是很痛苦的？」

何況，現在老師會檢查垃圾桶，回家後，媽媽又會檢查便當盒，根本沒有「吃不完倒掉」的機會。楊大宏指著肚子，向我訴苦：「我如果是牛就好了，有四個胃可以裝這些飯菜。」

幸好，本班有一些「路見不平、拔刀相助」的英勇志士，在他們全力協助下，楊大宏的難題終於獲得解決。

首先是白忠雄，他對肉類食物具有特異功能，可以一口氣吃下五大塊豬排。所以，楊大宏便當裡的肉，就交給他負責。

至於張志明，除了青椒和苦瓜，其他食物都能受到他的熱愛；就連洋蔥、芹菜這種難以下嚥的「怪味菜」，他都能嚼得津津有味。而楊大宏的媽媽，拿手菜正是洋蔥炒蛋、魷魚芹菜。楊大宏很高興的說：「以後，便當裡的怪味菜，全由張志明包辦。」還建議張志明：「下輩子，你該投胎當我媽媽的兒子，你們『臭味相投』。」

最後，我也行俠仗義，答應替楊大宏吃便當裡的蛋。他非常固執，一直認為蛋吃多了，考試成績就會得零鴨

蛋。像他這麼聰明、整天讀百科全書的天才學生，居然也這麼迷信，真令人想不透。

聽爸爸說，很多聰明的大人，其實比小孩子更迷信呢。

如果真是這樣，他還能算是「聰明的大人」嗎？

在同學「相親相愛、合作吃便當」下，楊大宏的超級便當所帶來的困擾，總算可以消除了。

現在，楊大宏最新的難題是，每天便當裡，只剩下白飯和青椒，還有一塊「總是會刺到喉嚨」的魚。楊大宏的臉，又開始發愁了。他慢慢的嚼著青椒，痛苦的吞下去，

再用筷子把魚肉分解，想找出魚刺。但是，細小的刺永遠會在吞下去的那一瞬間忽然出現，讓他十分煩惱。幸好，便當裡還有白飯可下嚥。

「我的中餐，一點意思都沒有。」有一天，楊大宏不讓我們幫忙，打算獨自解決便當問題。

只見他啃完香噴噴的豬排，吃了些小黃瓜，吞幾口飯，便闔上便當蓋子，擦擦嘴，帶著便當，走出教室。

隔天，學務主任在朝會上報告：「竟然有人把吃不完的飯菜倒進廁所，不但浪費食物，又造成水管堵塞。你們難道沒有背過『鋤禾日當午……』？」

張志明小聲在我耳邊說：「人生啊，吃不吃都有一堆問題。」

13 查字典

字典的用途是什麼？

1. 課前預習，查生字、新詞。
2. 找出奇怪的字，好用來取名字。
3. 用來顯示自己很勤學。
4. 用來顯示中文有很多字。

「你們知道，為什麼每天都有國語課？」

老師才問完，張志明就立刻舉手發表看法。

「對，為什麼每天都要有國語課？應該每天都要有遊戲課才對。」

老師用不可思議的眼神看了張志明一眼，搖搖頭說：「又不是猴子，一天到晚只想玩。」

「我知道。」班長陳玟接著報告，「國語是所有科目的基礎，如果不認識字，就沒有辦法看書。」

還是班長了解老師。聽了這個答案，老師露出微笑，很高興的說：「總算教了幾個像樣的學生。」

然後，她敲了敲張志明的頭：「你每次國語都考不及格，錯字連篇，以後怎麼寫情書交女朋友？」

全班都大笑出聲。張志明卻一副無所謂的樣子，對老師說：「沒關係，我打電話就好。」

可是老師繼續苦心勸導我們：「語文能力非常重要，不管參加考試，或將來找工作，一口流利的語言和順暢的文筆，都會使你事半功倍。懂不懂什麼叫事半功倍？」

老師看著張志明，張志明的頭低低垂著。

「你平常就是太懶，不願意多查字典。」老師仍然不放過張志明，一口氣把他所有的罪狀統統列出來，「你的『課前預習』簿裡，老是草草了事，隨便抄抄；知不知道什麼是『草草了事』？」

張志明輕輕搖了搖頭。

「字典買了嗎？」

張志明又搖搖頭，嘴巴緊緊閉著。

「升上四年級，還沒有養成查閱字典的習慣，太不應該。要知道，字典是工具書，讀書人怎能沒有字典？」

老師嘆了一口氣，又說：「好了，我不想再責怪你。以後要用功些，別再把『醫生』寫成『一生』，遇到不會寫的字，不懂意思的詞，就去查字典。」

全班都知道張志明有這項「特異功能」。他天生最恨筆畫多的字，一遇到這種字，他會自動替換一個同音、筆畫少的字，例如，「嚇一跳」寫成「下一跳」；「牽牛花」變成「千牛花」。老師糾正他時，他還振振有詞的回答：「老師，您那麼聰明，一定猜得出我寫什麼嘛。」

大概是老師「哀痛」的表情感動了張志明，他居然在下課時間跑來鄭重的告訴我：「以後，我不抄你的預習簿了。從明天開始，我會自己查字典，寫生詞解釋。」停了一會兒，他拿起我的作業簿，走回座位，回頭笑一笑，說：「對不起，今天再借我抄最後一次。」

真是拿他沒辦法。

隔天，準備重新做人的張志明，帶了一本嶄新的字典，

獻寶似的對我說：「你聞聞看，這本字典有香味，是我媽媽買的。」

我也拿出我的字典和他的比對。他驚訝的問：「你的字典怎麼和我的不一樣，是不是我媽媽買錯了？」

「字典本來就有好幾種，都可以啦。」

聽我這麼一說，他才放心的抱著新字典回去。臨走前還跟我約定，放學後到我家來寫作業、查字典。

一到我家，張志明就立刻拿出字典，擺在桌上，顯得很有書卷味；連我媽媽端來了綠豆湯，他也小心翼翼的護著字典，直說：「別把字典弄溼。」

媽媽說：「張志明變得用功啦，好乖。會查字典的孩子不會變壞。」

張志明也客氣的說：「沒有啦，老師說要自己學著查字典，才是社會上有用的人。」

所以，我們這兩個「社會上有用的人」便在媽媽讚許的眼神下，打開作業簿，準備預習第十課生詞。

「嗯……『諂媚』，我來查。第六九三頁。」

我把字典上寫的解釋抄在簿子上。

張志明也翻著字典，找到「諂媚」，大聲唸出來：「諂媚，用逢迎趨奉的態度去求取別人的歡喜。」他把字典放下來，皺起眉頭，「『逢迎趨奉』是什麼意思？」

我想了半天，給一個答案：「問我媽媽。」

媽媽正在炒菜，沒好氣的說：「不懂的詞，不會去查字典嗎？」

「可是這個詞就是字典上

的解釋啊！」我捧著字典，指給媽媽看。

媽媽也想了很久，眼看菜快要焦了，她只好說：「明天去問老師。」

張志明非常失望，他摸摸字典光潔的封面，嘟著嘴說：「我媽媽買的這本字典，怎麼越查越不懂？我還是問老師，應該買哪一種字典才對。」

他把字典收進書包，說：「對！人生不能買錯字典。」

14 大家來比賽

為什麼要舉辦各項比賽？

1. 這樣才有獎狀可以領。
2. 有比賽，生活才刺激。
3. 才知道誰比較厲害。
4. 才知道誰比較不厲害。

班長陳玟從辦公室回來，帶回一個不幸的消息。

「老師說她已經向美勞老師『借課』，第三節美勞課改上體育。」

教室立刻響起一片嘆氣聲；連最熱愛體育課的張志明也愁容滿面。

大家都知道，老師又要我們到操場去練習「基本動作」了。因為後天就要舉行「基本動作比賽」，為了爭取優良成績，老師只好利用時間讓我們加緊練習。

上星期，老師嚴肅的告訴我們：「我對你們的要求不高，只希望本班的成績不要太難看。我也明白，指望你們得獎，是不可能的事。」

這招「激將法」，果然激起了我們的鬥志。班長陳玟立即站起來建議：「我們可以利用體育課，不斷練習。」

老師點點頭，很欣慰的望著這位知音：「嗯，我正有這個打算。今天起，我會請體育老師展開密集訓練。」

「基本動作比賽」從三年級開始，每年舉辦一次。主要的目的是考驗全班是否有團隊默契，能不能在領隊的指揮下，動作一致、精神抖擻的排隊通過司令臺。

記得三年級的時候，光是為了練習「向左、右轉」，便足足折磨我們兩個星期，因為總有人轉錯方向。當班

長喊「向右轉」，白忠雄就會往左邊轉，和左邊的同學面對面，「你對著我笑嘻嘻，我對著你笑哈哈」。可是，老師笑不出來，她絞盡腦汁，終於想出絕招，在白忠雄的右手綁一條手帕，提醒他記得「有手帕的是右邊」。

解決了白忠雄，還有張志明。他平時動作敏捷，手腳俐落；不知道為什麼，在練習基本動作的「齊步走」時，會忽然少一根筋，走得怪裡怪氣。

走路，不是簡單得很嗎？但是當班長喊「齊步走」時，張志明卻變得「同手同腳」，像個機器人。老師一面掩著嘴偷笑，一面告訴他：「放輕鬆，像平常一樣走。」

可惜去年比賽那天，張志明又當機器人了。我偷偷瞄見司令臺上的主任也摀著嘴偷笑。

四年級的比賽，除了走步、左右轉、向後轉外，還加上「國民健康操」。老師說：「這些動作那麼簡單，為什麼全班一起做的時候，就會有一堆問題呢？」

對我們來說，最大的問題是：同樣的動作，會越做越沒意思，越練越煩。眼看後天就要比賽，全班卻士氣低落，練習時，只有老師和班長精神奮發。

班長負責喊口令，老師則在一旁警告、提示。可是我們已經練了五百遍，再多的力氣也耗損殆盡了。

老師又嘗試著以誘人的獎賞鼓勵我們：「如果得獎，便讓你們連看兩節課的卡通。」我們非常心動，但是還是有人手腳「亂動」，老是在練習時出狀況。

為了刺激大家，老師還帶我們先去觀摩五年級的比賽。「快看，學長姐們走得多整齊，口令喊得多一致；哎喲，連腳上的鞋子也一模一樣。」

於是，老師有了靈感；她規定大家，在比賽那天，一律穿白色長襪，男生穿黑色鞋子，女生則是白色。儀容整齊，一出場就能「震撼全場」，這是老師的說法。為了達

到效果，老師還使出最後妙計，請長頭髮的女生統統紮馬尾，綁上紅色蝴蝶結。

比賽那天，我們看著自己的打扮，都覺得必定能戰勝敵人，光榮的贏回獎牌，好讓本班教室空蕩蕩的「榮譽榜」，終於能貼上一張獎狀。

白忠雄更沒有忘記，在右手綁上手帕，一副絕不會「左右不分」的神情。

老師做賽前訓話：「記得拿出精神，聽班長的口令。只要全班合作，步伐一致，就成功了。」她更勉勵張志

明：「心情放鬆些，別管臺上的校長、主任，這樣才不會緊張。」

輪到我們了。為了兩節課的卡通，我們全抬頭挺胸，表情嚴肅的走入操場。

一開始，全班走得非常整齊，轉彎時更轉出漂亮的直角隊形。做操時，大家也渾身是勁的舉腳彎腰。

校長公布成績時，我們都滿懷希望的等著「四年七班」這句話。但是，令人失望的是，獎狀還是頒發給別班，我們沒有進入前三名。

回到教室，老師安慰大家：「沒關係，我們一定是第四名。」不過，第四名沒有獎狀嘛。全班都十分沮喪。

幸好這個世界，永遠會給人希望。班長又從辦公室帶回最新消息：「明天要舉行『名牌檢查比賽』，只要全班

每個人都戴名牌，班上就能領到獎狀。」

張志明說：「人生啊，什麼比賽都有。」

15 廢物利用

什麼東西是「廢物」?

1. 已經用過的東西。
2. 不再流行的東西。
3. 丟在垃圾桶的東西。
4. 世界上沒有廢物。

哎呀，我們只有一個地球，如果地球毀了，我們也就完蛋了，這個問題真的很嚴重。

我和張志明、楊大宏、白忠雄坐在操場榕樹下，很嚴肅的討論這個生死交關的大事件。

我們會對這個話題有興趣是因為剛上完自然課。剛

才自然老師放了一段影片，片名就是《我們只有一個地球》。從影片內容，我們可以知道，大氣層已經破了一個大洞，還提到輻射線、生態平衡等很有學問的名詞。雖然我不是完全了解，但是總而言之，如果我們再不注意環保，地球人就會死光光。

張志明皺著眉頭，苦惱的說：「我還不想死，我準備存錢到迪士尼樂園玩呢。」

白忠雄連忙提醒他：「要玩就要快，最好寒假就去。」

「寒假太冷了，暑假比較恰當。」楊大宏接著建議。

「喂！不要離題。」我瞪他們一眼。

張志明點了點頭：「老師一直說，環保很重要，看來，她沒有騙我們。」

「老師怎麼可能騙人？」白忠雄張大眼睛。

「那可不一定。運動會那一天，她不是說要帶男朋友來嗎？結果並沒有。」張志明舉出實例。

楊大宏推推眼鏡：「他們大概正在『冷戰』。」

我實在受不了了，站起來罵他們：「你們只會講些廢話，根本無法討論高級的話題。」

幸好，老師們也注意到這個問題了。上美勞課時，趙老師居然說：「為了環保需要，今後我們應該多利用廢棄物來當材料。今天開始，請大家回家收集廢物。」

張志明舉手報告：「我媽媽說，我們家唯一的廢物就是我。」他不好意思的笑了笑，「不過她是開玩笑的啦，人怎麼會是廢物？」

趙老師搖搖頭：「如果

對社會不但沒貢獻，還加以破壞，就是社會的廢物。」

張志明又問：「有什麼貢獻才不算是廢物？」

「你可不可以別再問這些廢話。」趙老師不耐煩的走到講臺前，告訴大家：「凡是鋁罐、紙杯、紙盤、塑膠袋，都可以收集，它們都是美勞材料。」

為了響應環保，我們決定下次美勞課，就開始「廢物利用」。趙老師交代大家，下回要做「機器人」，請我們多準備些塑膠小空瓶。

「喝完的空瓶不要丟，洗乾淨。我會教你們用瓶子做出漂亮的作品。這就叫做『化腐朽為神奇』。」

我真高興，老師終於也注意到「我們只有一個地

球」。更高興的是，還要做出神奇的作品。

回到家，我立刻向媽媽要五十元，準備一口氣買十瓶飲料。

「冰箱裡還有檸檬汁啊。」媽媽說。

哎喲！我哪是為了想喝飲料，我可是為了響應環保。

我慎重的向媽媽報告：「我是要去買『廢物』。」

媽媽露出懷疑的眼光：「如果是廢物，還得花錢買嗎？」

真受不了媽媽，她一定沒看過《我們只有一個地球》，不知

道問題的嚴重性。

隔天，我們都帶著空瓶到學校。但是白忠雄兩手空空，一個也沒帶。

他愁眉苦臉的解釋：「我感冒，媽媽不准我喝。而且媽媽說，店裡的飲料是拿來賣錢的，不是廢物。」我只好捐三個給他，並且提醒著：「這是我爸爸到你家店裡買的。」

趙老師真的教大家如何「廢物利用」，做出「空瓶機器人」。雖然作品看起來並不神奇，但是，能為環保盡一份心力，我還是很開心。

朝會時，學務主任也勸全校學生：「舉手做環保，廢物多利用。」然後又說，「園遊會表演，請大家盡量用廢物做道具。因此，本次園遊會的主題，就是『我們只有一個地球』。」

於是，全校籠罩在一片「廢物」中。張志明說，一年級跳舞的裙子，是用垃圾袋做的。他小妹是一年級，因為長得很胖，足足剪了三個大號的垃圾袋才做成。

至於我們四年級，當然也不落人後。四年級的老師非常聰明，設計一個趣味遊戲，讓每個人喝一瓶飲料，然後把瓶子踩扁，丟進「資源回收」桶。這個遊戲，就是在提醒我們，廢物不要亂丟，要分類丟。

我實在很慶幸，能在一個注重環保的學校讀書。可是張志明卻說：「如果把廢物都拿來利用，人生不就永遠沒有新東西？」

16 唉，分數

「分數」的功能是什麼？

1. 可以知道贏多少人。
2. 可以知道輸多少人。
3. 用來換取獎品。
4. 用來分辨好、壞學生。

根據白忠雄得到的最新情報，班長陳玟和李靜正處於「相看兩相厭」的狀態，誰也不答理誰；造成這場戰爭的原因，是李靜前天社會平時測驗「不小心」贏了陳玟兩分。

她們真是太小心眼了，兩分算什麼？能當棒棒糖吃嗎？可是陳玟卻十分在乎，據說為了那兩分，用掉三包面紙擦眼淚，絲毫沒有環保概念。而李靜也不甘示弱，哭得比她還悽慘。因為陳玟認為李靜是運氣好，「猜」出了高分；李靜當然不服氣，直說：「偶爾變聰明也不行嗎？」

為了兩分，平時像姐妹般形影不離的人，現在居然成了死對頭。

分數就是這麼麻煩，我媽媽也喜歡在分數上斤斤計較。比如上次月考，她將我的數學考卷從上面看到下面，再從正面看到反面，一邊看一邊搖頭：「唉，如果不是粗心，這一題就不會扣兩分。」、「如果答案有寫，便不會被扣一分。」、「如果把加改成減，這三分就不會飛了。」

幾乎每張考卷，她都有相同的結論——就是如果我有「如果」的話，應該科科都滿分。

「如果」我真的每次

都考一百分，媽媽可就破產了。她總說：「考滿分就送你獎品。」幸好我天生節儉，為了不讓媽媽破費，很少考一百分。她應該為我的體貼精神喝采才對。

可惜媽媽的想法和我差太遠，她對「分數」關心的程度，就跟對豬肉價格的關心程度一樣；少了幾分，便好像少了幾塊肉。

分數的威力強大，用途也很多。除了可以作為發獎品的依據、輸贏的標準，連老師都以考試的分數來排定座位。江老師的絕招，是把最高分和最低分安排坐在一起，說是可以「刺激」同學努力向上。所以這一學期來，楊大宏的身邊永遠是張志明。

他們兩個坐一起果然起了「刺激」作用，只不過是江美美老師被刺激了。因為自從楊大宏跟張志明坐在一起，他上課時偶爾也會偷看漫畫書。老師氣得大罵：「真是近朱者赤，近墨者黑。」

張志明還正義凜然的站起來報告：「我叫他不要看，他偏要看。這本上節課我已經看完了，根本就不好看。」

說來還是美勞趙老師最好，她從來不打美勞作品的分數，只在作品背後寫評語。張志明的畫常常被寫著：「有創意，用色大膽。」

其實張志明每次都忘了帶水彩用具，只好向楊大宏借。可是楊大宏小氣得很，只肯借他黑色和灰色，因為他覺得這兩個顏色最醜。趙老師眼光真特別，居然欣賞張志明圖畫紙上那些烏七八糟的怪東西；「藝術」

果然很神祕。

許多同學都說最喜歡上美勞課，大概是因為不打分數的關係吧。

不過，張志明說他還是最愛上體育課。這是理所當然的事，像他那麼活潑的人，不讓他痛快的動一動是很痛苦的。但是也有人很痛苦，就是我們的體育老師。

「張志明，誰叫你跳那麼高？」、「張志明，不准跟同學開玩笑。」最後，體育老師受不了張志明，警告他，「不守規矩的話，學期末體

育成績要扣分。」

張志明果然被扣分了。他的成績單上，體育被打了「丙」，意思是六十分。

他一點也不在乎，反正其他科目也都是丙，成績單看起來很整齊。

不過，他告訴我們，他的媽媽一看到成績單，氣得火冒三丈，不斷責罵，並且打算到學校來找老師理論。

張媽媽第二天真的來了，拿著成績單，在走廊和老師談話，越談聲音越高。

我們很清楚的聽到張媽媽說：「我的孩子跑那麼快，常常讓我追不到，體育怎麼可能得丙？」

江老師連忙解釋：「這是體育老師打的分數，他有他

的道理。」

老師停了一會兒，又說：「不是跑得快，分數就高。體育科注重的是運動精神、學習態度……」

可是張媽媽才不管什麼態度，她走進教室，擰著張志明的耳朵，把他拉到走廊，斥罵著：「其他科目考差也就罷了，連體育分數都那麼低，你存心氣死我？」

唉，又是分數。張志明的頭好低好低，小聲的說：

「人生幹麼天天打分數？」

17 請勿騷擾

什麼是「性騷擾」？

1. 說了不該說的話。
2. 摸到不該摸的地方。
3. 看到不該看的東西。
4. 想了不該想的事。

「這算什麼？嘖嘖……」

江老師盯著報紙，一邊看一邊搖頭。看她的表情，大概是報上刊登了一則令她不敢相信的大新聞。

我和張志明好奇的圍在老師背後，想要知道到底發生什麼事。沒想到江老師卻像見到蟑螂般，立刻跳開，並且警告我們：「離我遠一點。」

「這算什麼？嘖嘖……」張志明模仿老師的語調，向老師抗議，「報告老師，昨天我有用沐浴乳洗澡，連頭都洗了，很香的啦，不相信您聞聞看。」

可是老師說：「我只聞到垃圾桶發出的餿味，昨天你又忘了倒垃圾，對不對？」按照慣例，老師舉起手準備捏張志明的耳朵，但是，她的手忽然停在半空中。

她嘆了一口氣，把手放下來。

「從現在開始，我不再碰你們了，你們最好也別靠近我。」老師搖了搖頭，很哀怨的說：「這年頭，老師越來越難做人了。」

我瞄了桌上的報紙一眼，只見幾個大字：「教師對學子性騷擾」。

「什麼是性騷擾？」我問張志明。

張志明立刻兩眼發光，興奮的說：「在哪裡？在哪裡？我要看。」

老師瞪我們一眼：「看什麼看。」

然後又告訴我們：「報紙上說有個家長控告老師，認為老師對孩子性騷擾。其實那個老師只是在幫學生整理服裝的時候，手不小心碰到胸部。唉，以後我得和你們保持安全距離，免得惹禍上身。」老師有氣無力的說。

看老師一副痛心的表情，張志明立刻安慰她：「老師，沒關係，我不怕你騷擾。」

「我才怕你騷擾我！」老師忍不住笑出來。

上課時，老師仍然不忘機會教育：「每個人要懂得保護自己，拒絕性騷擾。」

老師繼續說明：「只要是別人做了或說了令你不舒服的事，就是一種性騷擾。」

聽到這裡，李靜立刻站起來檢舉：「張志明天天對我性騷擾；他一直叫我『管家婆』，我聽了覺得很不舒服。」

老師搖搖頭：「要侵犯到個人隱私的才算。」

「但是，凡事也不能矯枉過正。像別人不小心碰到你的『私處』……」老師話還沒有說完，好學不倦的張志明馬上發問：「什麼是『私處』？」

老師非常不高興的說：「我最不喜歡中途被別人打斷。」然後，用很快的速度回答：「私處就是不能輕易被他人碰觸的地方。」

張志明一副「還是不懂」的表情，班長陳玟怒吼一句：「笨！比如頭部啦。我媽媽說，頭被摸會越來越笨。」本班的天才兒童——飽讀百科全書的楊大宏也忍不住了，跟著怒吼一句：「笨！『私處』就是生殖器。」這句話引起全班一陣騷動。老師連罵三次「安靜」，大家才鎮定下來。

「很好，總算本班有人懂得學術名詞。」老師站上講臺，做最後結論：「反正身體不可以讓人亂摸，不管是不是私處，如果對方的觸碰讓你感到不舒服，都應該勇敢的拒絕。但是也不要冤枉別人亂摸。」說完這句「怪怪的」話，老師就打開課本準備教生字了。

身為學生，如果老師在課堂上有地方講不清楚，我們就有責任利用下課時間展開研究。於是，在張志明的號召下，我們針對「性騷擾」這個議題，在排水溝旁邊召開臨時會議。

楊大宏一語驚人：「有些老師會對學生性騷擾，也有學生會對老師性騷擾。」

我們不約而同嘆了好大一口氣：「唉！人心不古，世風日下。」這是老師最近教的成語。

白忠雄很擔心：「我們該怎麼辦？」

「對呀，而且我還是搞不懂怎樣才算『性騷擾』？」我也說出心裡的疑惑。

「今天早上，老師也在煩惱這個問題呢。她說再也不碰我們了。」

我一說完，張志明就笑了：「以後改用機器人當老師，就沒有這個問題。」他想了想，又說，「但是，我還是喜歡江美美老師。反正，她捏我的耳朵不會痛，我也不會去告她『性騷擾』。」

操場上，低年級學生跑來跑去，高聲的喊著、跳著。我想起剛入學時，我也是這樣傻傻的。他們一定聽不懂什麼是「性騷擾」。

現在我懂了。可是，很多事情，就算懂了也不會比較快樂。

張志明說出了我心裡的想法：

「這就是人生。」

附錄 1

四年級學生的煩惱

我最大的煩惱就是：四年級的數學很難，尤其是面積問題。每次上數學課我都快睡著了。可是大家都說：「明天太陽還是會從東邊升起。」我想想也對，就比較不煩惱了。

提起社會課，我就很煩惱。因為社會課很難背得起來，還要背哪一年發生什麼事，我都背得快昏倒了。我問媽媽：「沒有社會，不行嗎？」媽媽說：「沒有社會，臺灣的秩序會變得很亂。」

四年級的煩惱就是要去補習。我除了補英文，還有心算、數學。因為爸爸叫我一定要考前十名，所以我只好勉強去補習。每次補習都要寫一堆複習卷，補完英文回來還要聽CD，背起來，好煩。

四年級有很多煩惱，讓你覺得會瘋掉。例如：成績不如低年級，上課聽不懂老師教的。要是四年級就這樣，到了五、六年級，不是更慘嗎？另外，「友情」也讓我很煩惱，我不算是「大牌」的人，所以朋友不多。

我認為最煩惱的事就是現在搶匪很多。我爸爸叫我上下學都要有人陪，連去便利商店買東西都不行，我聽了很害怕。這種事情，報紙上、電視上都有報導，現在這個社會很恐怖。

我最煩惱的事就是睡不飽。連放假時，媽媽也說：「要早睡早起。」我想要多睡一會兒都不行。寒假的時候，媽媽又把我喊醒，可是，我起床以後，根本不知道要做什麼才好，很無聊。

一想到四年級結束以後，就要跟現在的同學分開，我就很煩惱。為什麼五年級一定要重新編班呢？我跟現在的同學已經很熟，常到他們家去玩，有一次，還一起去烤肉。不知道我們五年級還會不會編在同一班？

我最大的煩惱是：因為我脾氣壞，所以學校沒有人肯當我的好朋友。媽媽已經勸過我好幾遍，可是我都當成「耳邊風」。我也有「健忘症」，經常忘東忘西，別人交代的事情，要講兩、三遍，我才記得起來。

蘇穎達，男生

我最煩惱的就是回家功課，非常討厭，常常寫不完。如果我當了教育部長，一定下令全臺灣的學校，不要再出回家功課。讓全國的小孩子，回家都可以看電視、玩電腦、去公園打球。可是，我知道那是不可能的。

陳通明，男生

我最煩惱的事當然是考試，可是還是要考。有一次我的數學考不好，結果媽媽就說：「笨蛋。」我聽了很傷心。如果世界上有一種學校，不必考試，小孩子一定會統統擠去讀那所學校吧。

我最大的煩惱是：我希望我的狗狗和我都不要死，也希望媽媽不要把狗狗送人。雖然狗狗有一次咬了表妹，但是，牠是不小心的。狗狗是我最好的玩伴，有不認識的人靠近我，牠就會叫。我好愛牠。

我的煩惱是我沒有爸爸，我很希望能有一個辦法讓自己忘記「爸爸」。每當有同學問我：「你爸爸在哪裡上班？」我都不知道怎麼回答，只能默默的走開。我有時候會偷偷的哭。

我好煩惱媽媽喔，她每次出國，我都替她祈禱，希望她平安回來。現在的交通很亂，飛機也常常掉下來，太可怕了。我希望媽媽每次都能平平安安的回家，不買禮物也沒有關係。

我最煩惱的事應該是「不知道如何孝順父母」。有人說：「孝順父母要快，不然以後可能後悔一輩子。」可是我還是常常和媽媽頂嘴。我會惹媽媽生氣，心裡很後悔，但是，常常會忘記。

我的煩惱是放學時，爸爸叫我到工地幫忙，要搬很多東西，忙得滿頭大汗。回到家已經很晚了，又要洗澡，還要去倒垃圾，很晚很晚才能睡覺。有時早上會起不來，上學就會遲到。

附錄 2

誰最煩惱

請你採訪你的好友或家人，問問他們的煩惱是什麼？

姓名	最大的煩惱	我覺得可以解決的方法
我自己		

附錄3

美味設計

請設計一份你理想中的美味便當，把它畫出來，並簡單說明。

附錄4

王淑芬讀小學

1. 你小學時有當過轉學生嗎？

答：有。小學二年級下學期，從鄉下小學轉到都市小學。剛開始我好害羞，也很膽小，慢慢的才敢跟同學說話。

2. 你小學有帶過便當嗎？

答：有。我媽媽常滷蛋給我當便當菜，還有鹹蘿蔔乾。

3. 你小學有當過班級幹部嗎？

答：當過班長與文化股長（學藝股長），因為我小學的美術成績不錯，也很愛畫圖。

4. 你小學最百讀不厭的童話？

答：《愛麗絲夢遊仙境》與《愛麗絲鏡中奇緣》，書中我最愛的一句話是白皇后說的：「有時候在吃早餐前我就能相信六件不可能的事。」

5. 你覺得小學生像什麼？

答：棉花糖。非常甜美可愛，但一捏就不見了。所以，對小學生要有耐心與愛心喔，不要捏壞他們。

作者的話

王淑芬

寫作童書三十多年，【君偉上小學】應該算是我的招牌作品吧。一套六本，從一年級到六年級，陪伴三十年來的小學生，成為中學生、大學生；而「專為某一年級量身打造」的寫作創意，也成為我個人寫作的挑戰，因為必須在每升一個年級，就更換一種語氣與寫作技巧，以符合那個年紀的文學認知程度。所以，寫君偉，讓我寫作功力進步很多呢。

雖然不斷有讀者要求我寫「君偉上中學」，甚至希望寫到君偉讀博士班、君偉的一生，但是我一直沒讓這個可愛的班級離開小學。原因有兩個：第一是我不喜歡一個主題寫個沒完沒了，會變得枯燥無趣。第二是我希望君偉在讀者心中，永遠是個等待長大、有無限可能的孩子。投射在每個讀者身上，其實我們每個人心裡，也像君偉一樣，仍在「長大中」。一想起君偉，我願大家能露出笑容，回味著他跟張志明的爆笑對話，以及這個班級層出不窮的驚奇事件。讓我們就這樣，暫時在書本上，無憂無慮的過著小學純粹善與真的生活。

【君偉上小學】歷經三十年，改版過幾次，主要是讓它更貼合現在的小學，修訂部分情節與用語。不過，某些地方其實我覺得不改也無妨，讓現今的孩子回頭看看臺灣小學的從前也不錯，覺得：「哇，原來以前的小學有福利社，會賣飲料與零食。以前的班級幹部名稱跟現在不太一樣。以前還有班級的基本動作比賽，老師每天還會檢查學生有沒有帶手帕與衛生紙呢。」

這些改變，是一個社會的進展過程，變得更好，或沒什麼兩樣？我也無法評論，但如果有人想做研究，藉著這套書的幾次改版，說不定能勾勒出臺灣小學教育三十年的基本樣貌。

不少家長告訴我，孩子們是從【君偉上小學】開始願意讀「文字多」的書，我真感到開心。而且不知道讀者有無注意到，我是個很注重文學技巧的人，光是《一年級鮮事多》每篇故事的開頭，我就至少運用四種不同寫法，分別是「時間、事件、疑問或問題、形容詞」來當第一句。我私心希望小讀者不僅在讀故事，也在我說故事的手法中，學到文章的多種敘述方式。至於每篇故事如何結尾，我也有講究，有興趣的人，可以找其中一本來統計分類一下。下次當你寫作時，光是收尾便能有多元的表達方法。

我熱愛寫作，也很幸運的透過【君偉上小學】，結交許多不同年齡層的讀者朋友。君偉是臺灣第一套專為小學生而寫的校園故事，它也是每年暑假，常被贈為開學禮物的書。君偉在每週要上六天課的早年，陪伴過當時的小孩；如今週休二日，君偉這套書仍在各個圖書館與書店，笑咪咪的等著跟今年的小學生成為好朋友。被讀者稱為「君偉媽媽」的我，看著我的書小孩一直都精神飽滿、挺直書背站在書架上，無比滿足！

作者簡介

王淑芬

生日——很久很久以前的5月9日

出生地——臺灣臺南

小時候的志願——芭蕾舞明星

最喜歡做的事——閱讀好書，做手工書

最尊敬的人——正直善良的人

最喜歡的動物——貓咪與五歲小孩

最喜歡的顏色——黑與白

最喜歡的地方——自己家

最喜歡的音樂——女兒唱的歌

最喜歡的花——鬱金香與鳶尾花

畫者簡介

賴馬

1968年生，27歲那年出版第一本書《我變成一隻噴火龍了！》即獲得好評，從此成為專職的圖畫書及插畫創作者。

賴馬的圖畫書廣受小孩及家長的喜愛，每部作品都成為親子共讀的經典。獲獎無數，包括圖書界最高榮譽的兒童及少年圖書金鼎獎，更曾榮登華人百大暢銷作家第一名，是第一位獲此殊榮的本土兒童圖畫書創作者。

代表作品有：圖畫書《我變成一隻噴火龍了！》、《愛哭公主》、《生氣王子》、《勇敢小火車》、《早起的一天》、《帕拉帕拉山的妖怪》、《金太陽銀太陽》、《胖先生和高大個》、《猜一猜 我是誰？》、《慌張先生》、《最棒的禮物》、《朱瑞福的游泳課》、《我們班的新同學 斑傑明・馬利》、《我家附近的流浪狗》、《十二生肖的故事》、《一樣不一樣 斑傑明・馬利的找找遊戲書》、及《君偉上小學》系列插圖。（以上皆由親子天下出版）

四年級煩惱多

君偉上小學 4

作者一王淑芬

繪者一賴馬

責任編輯一許嘉諾、熊君君、江乃欣

特約編輯一劉握瑜

封面設計一丘山

電腦排版一中原造像股份有限公司

行銷企劃一林思妤

天下雜誌創辦人一殷允芃

董事長兼執行長一何琦瑜

兒童產品事業群

副總經理一林彥傑

總編輯一林欣靜

主編一李幼婷

版權主任一何晨瑋、黃微真

出版者一親子天下股份有限公司

地址一臺北市 104 建國北路一段 96 號 4 樓

電話一 (02) 2509-2800 傳真一 (02) 2509-2462

網址一 www.parenting.com.tw

讀者服務專線一 (02) 2662-0332 週一～週五：09:00~17:30

讀者服務傳真一 (02) 2662-6048 客服信箱一 parenting@cw.com.tw

法律顧問一台英國際商務法律事務所‧羅明通律師

製版印刷一中原造像股份有限公司

總經銷一大和圖書有限公司 電話：(02) 8990-2588

出版日期一 2012 年 8 月第一版第一次印行

2023 年 3 月第二版第一次印行

定價一 360 元

書號一 BKKC0054P

ISBN 一 978-626-305-410-3（平裝）

訂購服務一

親子天下 Shopping | shopping.parenting.com.tw

海外‧大量訂購一 parenting@cw.com.tw

書香花園一台北市建國北路二段 6 巷 11 號 電話一 (02) 2506-1635

劃撥帳號一 50331356 親子天下股份有限公司

國家圖書館出版品預行編目 (CIP) 資料

四年級煩惱多 / 王淑芬文；賴馬圖. -- 第二版.
-- 臺北市：親子天下股份有限公司，2023.03
168 面；19X19.5 公分 . -- (君偉上小學；4)
注音版

ISBN 978-626-305-410-3(平裝)

863.596 111021921

立即購買 >